Colección dirigida por Marinella Terzi
Traducción del alemán: Marinella Terzi

Título original: *Ein schön gedeckter Tisch*
© del texto: Dimiter Inkiow, 2003
© de las ilustraciones: Anne Decís, 2003
© Ediciones SM, 2003
  Impresores, 15 - Urbanización Prado del Espino
  28660 Boadilla del Monte (Madrid)

ISBN: 84-348-9533-1
Depósito legal: M-
Impreso en Perú / *Printed Perú*
Imprenta Quebecor World Perú S.A.
Av. Los Frutales 344 Ate-lima

No está permitida la reproducción total o parcial de este libro, ni su tratamiento informático, ni la transmisión de ninguna forma o por cualquier otro medio, ya sea electrónico, mecánico, por fotocopia, por registro u otros medios, sin el permiso previo y por escrito de los titulares del *copyright*.

EL BARCO  DE VAPOR

Lidia y yo ponemos la mesa

Dimiter Inkiow

Ilustraciones de Anne Decís

Hacía un tiempo malísimo.

Mi hermana Lidia y yo
estábamos jugando en nuestro cuarto
cuando entró mamá y dijo:

—Niños,
tengo que ir un momento
a comprar unas cosas.

Ya sabéis
que hoy tenemos visita.
Ya he puesto la mesa
y he preparado la merienda
en el cuarto de estar.

Todo está a punto.
¡No se os ocurra
acercaros por allí!
—No, mamá
–dijimos a coro–.
No te preocupes.

—Más vale
que ni entréis
en el cuarto de estar.
—Sí, mamá.

Se fue a la compra
y Lidia y yo nos quedamos solos.
Jugamos un rato más
y Lidia dijo:
—No entiendo a mamá.
¿Por qué no podemos entrar
en el cuarto de estar?

—Porque ya está todo preparado
para los invitados
–respondí.

—Pues yo quiero ver la mesa.

—No, mejor no.
—Sí.
—Mamá ha dicho
que no podemos entrar.

—Tiene miedo
de que hagas algo malo.
—¿Yo? ¿Por qué yo?

¡La que suele hacer cosas malas eres tú! –grité.

Quería tirarle a Lidia
un cojín en la cabeza
por haber dicho eso,
pero ya no estaba allí.

Se había ido corriendo
al cuarto de estar,
a pesar de que yo
le hubiera dicho
que no podía hacerlo.

Esperé y esperé,
pero no volvió.

¿Qué estaba haciendo?
Seguí esperando,
pero al final
no pude aguantar más
y fui yo también
al cuarto de estar.

Lidia estaba sentada
en el sofá
y observaba la mesa puesta.

—Me encantaría beber zumo
en una mesa así
–dijo–.

Está preciosa, ¿verdad?
—Sí –asentí–.
Está preciosa.

—Cuando sea mayor,
pondré la mesa igual que mamá.
—Yo también.
—Tú no puedes.
No hay ningún hombre
que ponga la mesa así de bonita.

—¡Claro que sí! ¡Yo!

Observamos la mesa un poco más
y, luego,
decidimos beber un zumo
en aquella mesa tan bien preparada.
Como dos mayores.

Así que lo hicimos.

Pero, de pronto...
No sé cómo...
apareció una mancha roja
sobre el mantel blanco.
Habíamos bebido zumo de cerezas.

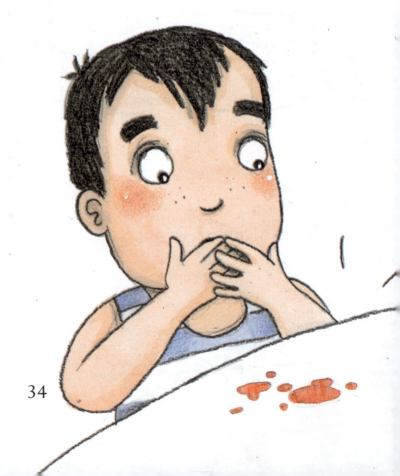

Qué suerte
que Lidia no viera la mancha.
Puse el jarrón de flores
justo encima.
Nadie la descubriría.

Pero Lidia dijo:
—¿Por qué has puesto el jarrón ahí? ¡Ponlo enseguida en el centro!

—¡No; el jarrón se queda aquí!
—¡Tiene que estar en el centro, donde lo ha colocado mamá!

—Ahora tiene que estar aquí
–dije
y sujeté el jarrón
con las dos manos.
　Pero Lidia no quería.
Se puso a tirar de mí.

Y, de pronto,
el jarrón se cayó sobre la mesa.
Todo el mantel se quedó empapado.
Las flores se desparramaron
sobre los platos.
Se rompió una taza.

Y en ese mismo momento
mamá entró en el cuarto.

—¡Lo sabía! –dijo–.
¡Lo sabía!
No se os puede dejar solos
ni cinco minutos...

Lidia y yo salimos de allí pitando.
Y hoy todavía sigo
sin tener ni idea
de por qué lo sabía.